「星座」ライブラリー 1

風の鎌倉

尾崎左永子歌集

かまくら春秋社

目次

カバー・扉画／平松礼二
装丁／堀田朋子

風の鎌倉

藍の座　海明り

鎌倉や草木蟲魚もろもろの霊《こころ》の力貸したまへわれに

実朝の見たりし冬の逆光と思ひ二十世紀焉る街ゆく

軋みつつ江ノ電過ぎて海明りとどく範囲の軌条光れる

冬の岬に立てば陽光浄くして一天四海にわが禱り届け

耐へて来しなべては今日のわがために放たれん鳩の翔ちゆくごとく

炎の座　光　炎

西暦二〇〇一年一月六日。百年前、鉄幹が二十世紀を祝う迎え火を焚いたその由比ヶ浜に、近隣の歌びとら相つどい、二十一世紀の迎え火を焚いて「短歌二十一世紀・炎の出発」の誓いの声をあげた。集うもの約百五十名、しばし冬浜の闇に熱い意気の炎を燃やした。

天柱のごとき光炎たちまちに伸びて夕星に届かんとする

薪はぜて闇に散る焱《ひばな》かぎりなし星仰ぐわれの祈りの散華《さんげ》

冬の夜の浜の焚火に集ふ人みな顔火照《ほて》り心火照りてゐたり

新世紀真幸《まさき》くあれよ浄き火を囲み集心の諸《もろ》声ひびく

風も去れ雪も去れ冬の荒浜の闇を領じて炎はもゆる

花の座　仄明り

早春の独活《うど》しろじろと水に放ちゆらぐ光のごとき明日あり

あふれくるものを抑へて闇に佇《た》つこのすがしさを花冷えといふ

幼くて父病む一夜滅びゆきし十姉妹《じふしまつ》らの静かなる死よ

咲き充てる辛夷《こぶし》ひと木の白妙がなかば夕日に溺れつつ聳《た》つ

咲き切りて明日は花びら散らん夜の切なきまでのこの仄明り

碧の座　若葉のなかに

ほどけゆく羊歯《しだ》の葉群は曇り日の光あつめてここに明るむ

水底に螢の糧《かて》となる螺《にし》のしづもりゐたり午《ひる》ふけの谿《たに》

生態系の円環のなか沈黙の螺のいのちを水は養ふ

頑として譲らざるもの持てるゆゑわがことばむしろやさしくなりぬ

誰彼の死の報らせさへ日常の淡き影とよ一日を惜しめ

羊歯若葉影もたぬまで明るくて林洩れくる雨にしづくす

楠の木の勢《きほ》ふ若葉にまぎれ咲く小花が青く匂ふ曇り日

鏡の座　日常

薄明にひぐらし鳴けり避けがたき一日の炎暑悼《いた》むごとくに

喫茶店の鏡のなかを逆しまに遠去かりゆく夏の自転車

楠《くすのき》を吹く風の音騒がしき炎暑の午后に図書館を出づ

黒蝶は風に抗ひ漂へり音もたず飛ぶもののあはれさ

いつよりか茶飯事のごと聴き捨つる殺人事件といふ非日常

冬の座　豹紋

豹紋のTシャツを着て来しことの俄かに異和となる夜の雨

才恃《たの》む一群のなかに肩そばめ混りゐし日よ思へばはるか

鳥呼ぶにあらねど秋日あたたかき渚にひとり手をあげてをり

回遊魚の黒き背鰭のさわだつを思ひてゐしが驟雨《しうう》に眠る

乱れゆく心の過程痛きまで見果てんとせし若き日ありき

舌に触るる甘納豆のほろほろと溶けゆくほどのかなしみのあり

あかつきに瞼ひらきてゐるわれも鳥魚も生死《しやうじ》の時を脱れず

日の座　つぼみ

烟日の光と思ふ歩道のうへ枯葉ふみゆくわが影淡し

カーナビの人工音声に導かれ未知の地に着《つ》くかかる憂鬱

曇り負ふ未完のビルのクレーンを操作する人の位置はいづれぞ

砂利積みて新しき線路敷かれゆく野末の烟霧巨《おほ》き落日

月の光《かげ》わが影おもかげ人のかげ手に取れぬものをかげといふとぞ

響の座　鎌倉早春

まだ生きてなさねばならぬこといくつ頭蓋に二月の風吹き響《とよ》む

早春の夜の幻は浄くして阿修羅の像の眉根《まよね》のかげり

内なる火ゆらぐを待ちて夜半をれば星凍る音きこゆるごとし

流木の乾く浜にて冬の日はわれを浸して音なく移る

影のなき昼更けにつつ乾《から》びゆく薊《あざみ》の骸《むくろ》まだ棘《とげ》をもつ

箸に重き寒の卵を溶くしばしわれに流離の思ひは萌す

逃竄《たうざん》を追ひ詰むるなかれと父言ひきされどなほわが手を嚙む鼠

海鳴りの気遠きまひるやうやくに過ぎにし危急思ひてゐたり

想の座　落花余情

風に乱るる光は丘の辛夷《こぶし》の木咲き極まりて白いたいたし

散るさくら漂ふさくら積むさくらわれは一生《ひとよ》のいのちをうたふ

花ふぶくとき剝《は》がれゆく過去の翳《かげ》剝がるる傷《いた》みすがしきものを

あら風に乱れつつわれに向ひくる花びら無限山の一日《ひとひ》は

ちりぢりに吹かれゆく落花限りなしわれにはかかる浄き死賜へ

雨の座　時超えて

時超えてなほ生かさるるふしぎさに見入れば浄し雨の沙羅の花

少しづつ星座の動く夜の闇と思ふに暗く時鳥《ほととぎす》渡る

直《すぐ》なる樹心に抱き梅雨の街行けり凝視の瞳《め》となりゐんか

独裁の心機到ると思ひたる一瞬ののち妥協してをり

もうここが限度と思ふ日々過ぎてまた白暁のなかに目覚むる

戦闘的眠りといはん数億の星の奔流頭蓋にやまず

ワルハラの炎上は何のしるしなりし湘南の夕焼の中にわが立つ

あらかじめその死の悲哀思ふゆゑ犬好きの夫は犬を飼はざり

薊の座　海浜晩夏

海のいろ濃きまひるまの坂下る野薊《のあざみ》のかげ鋭《と》き傍《かたは》らを

おのづから生の限界ありていま予定捨てんとしなほ断《た》ちがたし

月光を上より浴びて歩みゆく路地にて晩夏の潮騒とどく

怒りさへ淡くなりゆくこの幾日忘却は自らの防衛にして

悔恨といふほどもなくかつて経しひとつの訣《わか》れ思ひゐたりき

翅音をもたざる蝶の寄り来たる梔子《くちなし》は雨後《うご》の光を放つ

病棟より日毎望める高層のビル群驟雨に霞みてゐんか

時の座　ピクルス

塩の瓶立つ卓上にさらさらと秋気おのづから浄まりゆかん

朝風のはげしき池面立秋の光先立てて鯉の寄りくる

ピクルスの胡瓜酸ゆくて一瞬宇宙に四散した私の魂

新月の光を負ひてうつむける向日葵の種子いまだも稚《わか》し

梢より落つる木の実が夜の山の葉群をぬけて地に届く音

身じろげば濡れ髪匂ふ秋の闇に沈みゆきつつ眠りは至る

メソッドローズの曲くり返す幻聴は夜の楠《くすのき》に響く風音

菊照らふ路地出でて来つ精確にノルマ仕遂げしわが自己嫌悪

桜落葉踏むときふいに拉《ひし》がるる夢想ありふいに心が撓《たわ》む

一夜嵐に花の終りを迎へたる紅萩の乱れ時逝く乱れ

光の座　小鳥と焱

昇り来しシリウスの白き輝きは一夜風荒るる予兆ともみゆ

夕池の反照のなか禽屋《きんをく》の小鳥らはしばし囀りやまず

ひらめきて過ぎゆく鳥の波状線わが視野につかのま光を遺《のこ》す

山茶花の白き光に歩をとめし寡黙の人の背を思ひ出づ

逆光を眩しみて立つ冬渚鷗の声は悲傷に似たり

鍛刀《たんたう》のとび散る焱《ひばな》近々と見たり現し身の芯を打たるる

再生をさらに希《ねが》はず終熄の日にも抱きゐんツァラツストラの炎

昴の座　単　純

望郷といふ思ひは知らず耳冷えて眼冷えて月の夜の街還る

韻々と夕焼ながき相模の海われにいはれなきかなしみ及ぶ

単にして純なるは佳したとふればいま夕映に立つ富士の影

欠落の念《おも》ひは何ぞ列島に生享けて冬のすばるを仰ぐ

北極星見出《い》だすに天の深くより直線に届く声のごときもの

ひしひしと凍りゆく気の充つる夜侵さざれわが月の雪原

三たびめの転校なしし少女期の寡黙を人にいふこともなし

烈火孤り心に抱き無口なる少女たりにし記憶は消えず

横浜の夕闇にふいに聴こえんか煉瓦道《みち》往く馬車の音など

淡《あは》々とけぶる日に白き花薺《はななづな》冬の終りは唐突に来る

季の座　透きたる棘

安穏の思ひは常に罪のごとし夕焼に戦火の日々が顕《た》ち来る

雪の香の煮ゆると思ふ冬牡蠣をことしは食《は》まぬままに季《とき》過ぐ

だしぬけに少年駈けてゆらぎ立つ野の陽炎《かげろふ》にまぎれゆきたり

生《あ》るる蝶見てゐし少年顔をあげてその純真のまなこ輝く

咀嚼せずのみこむ春の白魚の透きたる棘が遺《のこ》すかなしみ

いつみても背広似合はぬ一人にて吾のために背広着て来《こ》しといふ

身を尽し心尽して越えし一日ふいに脱力の一瞬が来る

おとろふる心は言はず夕昏《ゆふぐれ》のガスの炎の青きはなやぎ

青の座　青水無月

すがすがと瑠璃茉莉花のゆれて咲く青水無月の路地を出で来ぬ

睡蓮の睡りに似たる水明り夕べ池面《いけも》にいつまでも雨

小獣の穴のごときかどこよりも寝易《いねやす》き家にわが戻り来つ

終《つひ》の棲家《すみか》となるべき小家夏至ちかくうつむきがちに沙羅の花落つ

時超えて残るものもしありとせば紡ぎて光ることば一片《ひとひら》

水の座　海　馬

塩壺の内なる湿り減り行きて永かりし梅雨のこころ終らん

音立てず猫歩み去る夕芝に梅雨あけの映えいつまでもみゆ

荒挽《び》きの珈琲に湯をそそぐとき注出さるる記憶がにがし

自覚せぬ記憶の誤謬避けがたく目にみえずして海馬おとろふ

山上の湧水はいましたたかにあふれてわれの掌《て》のひら冷ゆる

白の座　初秋断章

水鳥の声風に散る渚にてわれも短き髪を吹かるる

浜木綿の白花光る夏過ぎて追憶はすでに間遠となれり

荒浜の流木が白く乾きゆく昼ふけにして心が白し

敵意あるひは好奇心互《かた》みに量りつつ砂浜にゐるわれと鴉と

聖戦といへど男の限りなきあそびに似たる不条理にして

かげりゆく丘よりみれば新都市のビル群しろく秋の日に照る

満ち潮の波動のやみて音のなき光載せをり雨の運河は

わが内の暗渠過ぎゆく流水の音とも聴こゆ秋の時雨は

耀の座　星夜

銀杏《ぎんなん》のつぶら実のなかに宇宙あり蒼く透きゆくものの遥けさ

満天に星耀《かが》やけり冷え深き山の闇明るむとわが思ふまで

愁ひみな消えなんとしてなほ仰ぐ山上の群星は大小無限

対山《むかやま》の稜線みゆる星明り星の光芒をわれも帯びんか

冬の心邃《ふか》く澄みゆき指先のしびるるまでの星夜の無音

わが脈拍《パルス》星と同調するごときひとときありて脳髄すずし

未来とは限り無からん　時の呪縛解かれて星夜この星明り

ふけわたる闇に音なき冬の銀河流れて遠くアルプスに陥《お》つ

信ずるといふは孤りの思ひゆゑ見し流星を人には言はず

天空に運命の星ひとつありと言はずや凍天にシリウス蒼し

暁の座　時間

わが前を行く犬の影白壁に映りここより夕日さす坂

遠くみゆるものの恋ほしさ低丘の樹間《じゅかん》に午后の海が光れる

望郷の歌切々と流れくるテレビを消してのちの風の音

物語ならば脚色の展開もたやすかるべし一生《ひとよ》の行方

水のむとのど仰向けて焦点の定まらぬ視線見られてゐたり

眠りさへ惜しみて賭けんものありと思はねどふたたび重き筆もつ

暁《あかとき》の雨ふいに来て過ぎゆくに心にのこり澄む水たまり

もののけの棲む月の谷しろがねの穂芒いまだ枯れのこるみゆ

風の座　雫

風に震《ふる》へゐたる雫が臘梅の花より飛べる一瞬を見つ

港湾の夜明けを窓に見てゐたりもの書く修羅の一夜は過ぎて

廃材が雨にぬれゐる一区画鉄材さへ早春の光帯びたり

春潮のさしくる運河さざなみの刻み徐《おもむ》ろにさかのぼりゆく

金属光放つ港湾しづかにて地震戦乱テロ寸前の不穏

雨の座　夏の前

柚《ゆ》の花はさかりてなほも寂しきか微雨の芝生に香りが沈む

行きずりに日ごとに出会ふ黒犬に今日は逢はざり雨の若葉坂

日常の悔いのごときを剝がしゆく風なり「みなとみらい」の街区

北国のさくらの終り告げ来しかそれより後の行方を知らず

遠丘に朴の花白き夕まぐれ或いはかの人もすでに世に無き

流の座　日常断片

夏の紺展《ひろ》げゆく海よいつよりか現世を辞する眼もて見てゐる

うしろ向きに運ばれてゆく電車にて夕日に揺るる茅花《つばな》遠去《とほの》く

弔電と祝電をつづけて送りたり儀礼は誰の休心のため

びなんかづらさるとりいばら蔓の名に母の口調を思ひ出でつも

かの日幼く寒夜の窓に抱かれて廃兵院の火事遠く見しこと

言に出ださぬ愁ひのごとく淡々《あは》と梢覆ひて栗の花咲く

大地より磁気変動の伝ひくる不穏あり猫とわれと眼が合ふ

ロセッティの妻エリザベスあるときは理想の妻を演じたりしか

土の座　出雲散吟

土赭《あか》き岩倉遺跡夕づきて萩の花群に風立つらしも

歳月はとどめ難しと誰かいふ遠つ世ここに生きしわが祖よ

月明の荒神谷に声涸《か》れて啼く夜鴉を思ふひそかに

逆しまに稲架《はざ》に吊らるる熟稲《うれしね》を濡らす驟雨はよこざまに降る

わかれゆく合図の手振る川原の夕日一気に秋天を染む

野の座　冬のかたち

日でり野も雪野もなべて歳月のなか遠ぞきて象《かたち》冴えゆく

眼下《まなした》の佐紀古墳群脱けいでて来しわれか一瞬鳥霊となる

山茶花のうすくれなゐに小鳥ゐて鳥語はかくもやさしきものか

そよぐものなき冬の風沙羅の木の芽を光らせてひねもすやまず

忙殺の日々すぎて寒夜のうす雲に虹の輪もてる月が漂ふ

茫々と過ぎたる歳の果ての街煙霧のなかに日のかたち見ゆ

「似《にたり》」といふ香木のあり縁由《ゆゑよし》を知らねど真実何に似たりや

泣かぬ吾をおとしめていふ人のありいふもよけれどよけいなお世話

椿の座　光る花芽

喪《うしな》へる時の暈《かさ》さらに思へども椿咲き椿散りまた一日過ぐ

葉とならず花芽となりし偶然をかなしむや光る沙羅の花芽は

眦《まなじり》の端にて白くうづくまる猫の存在にやすらぐ真昼

夜の海は遠き沖まで靄ありて闇になほ淡し春の星座は

撓《しな》ひもつ鋼《はがね》のごとき意思欲るに蜥蜴は春の石にかくれつ

街の座　横浜早春

方形の窓を重ねて蜜蜂の巣に似つつ白し新都市街区

どの窓も昼空の青映しゐて人の気配のなき倉庫群

人のゐぬ始発電車は灯《とも》しをり雨けむる駅に昇り来しとき

レッドペッパー嚙みて一瞬脳ふかく光伴ふすずしさが過ぐ

鳥のゐぬ鳥籠に日が差してゐるかかる常凡に救急車行く

夜の座　雨季片々

季《とき》の逝く音ともきこゆ夜の闇にあふるる若葉吹く風の音

鉄工所閉ざされしかば沈黙の塊となる街の一画

溶接の青き炎をこぼしゐし町工場閉ぢて今日梅雨ふかし

身めぐりの装飾をみな外すとき夜の若葉吹く風窓を打つ

沙羅に降る雨やみしかば土の上夕べとなりて夏至の花俯《ふ》す

扉の座　夏の章

水かげろふ揺るる茶房に孤りなる時間味はふごとくわがをり

言はざればはたもし言はば苦からんわが沈黙の虚実もろもろ

日のほてりのこる鋪道来る青年は天使のごとき憂き顔をせり

竹煮草の花咲きて暑しわが来れば日に照るのみの夏の墓原

喪《うしな》へる時間は意外に塵埃に似て軽からん酷暑過ぎゆく

萍の座　家常

薄明に醒めてふくらむ悔悟あり悔悟好まねばまた眼を閉ざす

苦闘の日々ぬけいでて秋　木犀の花の香沈む駅前を過ぐ

夕ぐれの樹々霧を吐く伊吹山越えくれば光のこすみづうみ

丹念に塩もてカップの渋を除《と》る女のしぐさ吾を離れず

塩壺に塩　砂糖壺に砂糖　かがやくを常に見分けて疑ひもなし

焱の座　暁　光

枯れ蓮となりたる池は月明の水にただ黝《くろ》き折れ茎の照る

そこにいま蜻蛉《あきつ》死せりや冷え深き月下の水に浮ける蓮の葉

火渡りをしたる蹠《あしうら》あなあたたか火を踏みてわが生充《いのち》ちくる

暁闇に切り火の焱散《ひばな》るみれば形なく浄きものの近づく

ものがみな軽量となる日常に鉄のアイロンの重み恋ほしむ

反革命を推《お》すにはあらね樹をつつく攀禽類《はんきん》のひたすらのさま

耳聾《し》ひしごとき夜半に遠くより雪の近づく気配してゐる

春の座　曇天春光

きのふよりけふ春光の明るみて午後の港に潮の香の立つ

曇り日のドックに塗らるる船体の錆どめの朱に寂し夕日は

倉庫裏の鋪装路に陽炎立つところ近づけばかげろふはまだ先にある

時にたつ予感をりをり怖れしが忘るるころにその死告げ来ぬ

陸橋にまつはりながら過ぎてゆく早春の風に鉄の匂ひす

樹の座　桜のころ

遠々に花けむるまで咲きみてる午前零時の夜ざくらの街

桜夜を歩みてのちに訣《わか》れたる回想は遠きゆゑに和まし

みちたりしのちの寂けさ夕近き花はうす青き翳を帯びたり

さくらはや散りとどまらず暁のとぎれとぎれの眠りのなかに

戦争の記憶も辛《から》き過ぎゆきも亡霊に似て透きゆくものか

野積みせるタイヤに雨のふりそそぎ萌ゆる草また拉《ひし》がるる草

くれてゆく家並昏《くら》きは街川に春の入り日の永く照るゆゑ

緋の座　予　感

緋桃咲く丘に頬吹く風のありあるいは遠き前世の記憶

ほのぼのと薄紅ざくらの衣《きぬ》きたる童女は夢にまた顕《た》ちて消ゆ
（三輪鎮花祭）

尖《とが》りゆく予感ひたすら懼《おそ》れゐし少女期のさなか戦争終る

時を待つ痛みとも思ふ刈りこみて今年花なきつつじのみどり

菜種梅雨といふ雨の日は重ねゆく陶器の影に杳《とほ》き過去還る

夏の座　履歴

夏はやく黄のカンナ咲く海岸の小駅にわれは風に吹かるる

このわれに関はりありや超軽量はた誤差一秒を競ふ技術は

競争の過熱を孤り傍観す競争してゐる暇《いとま》などはなく

きりきりと絞られし螺旋《ねぢ》ほどけゆくごとし一夜のわが酔ひ心地

痛切の記憶すら幾百の断片となりて生きたる証《あかし》のひとつ

鉄梁を組む音響き忘れゐし鋼鉄の匂ひふいに思ひ出づ

新聞社前の街路樹梅雨あけの暑き光を孕みて佇てり

取材記者たりし日暑き陽のなかを歩みき噴水の光るかたはら

不遜なる官僚の前に所在なく応《こた》へ待ちたるも履歴のひとつ

まだ若く「007《ダブルオーセブン》」の映画観き紐育《ニューヨーク》に誠実の空気ありし頃

雲の座　漂鳥

ビルの間に白き月ある夕まぐれ人群の影のなかを溯行す

灯《とも》したる地下街の狭き水槽にあはれひらめきて魚は生き継ぐ

漂鳥の影夕雲に吸はれ行きわれには苛酷の明日がまた待つ

「暗部屋《くら》の女御《によう ご》」といふ名遺りゐて栄華に遠くいづくにか消ゆ

暗黒といふもの減りし都市の秋星夜の運河にわが沿ひ歩む

沈黙は言にまさるといふ真理冷えつつ思ふ暁闇にして

スザンナといふ名思ひ出づ親しみし着せ替へ人形の紙人形《ペーパードール》

足跡をのこす泥道さへなくてゴムの長靴蔵《しま》ひて永し

銀の座　鎌倉晩冬

流亡の魂いくつ漂はん永福寺《ようふくじ》あとの銀のすすき原

紅葉うすき夕雑木原冷えくれば雨呼ぶごとく椎の木昏《くら》む

鳥の眼に見下ろされゐる感じして歩み速くなる風の冬浜

暮れぐれの海の光を見てゐたり生死《しやうじ》どうでもよくなる時間

刈られたる異形《いぎやう》の公孫樹《いてふ》並び立つ駅前広場に鳥がひらめく

夜行性人間として放送の世界に生きし日々遠ざかる

夜の巷行きて朝陽を知らざりしかの時代は遠き影絵に似たり

がいとうと聞けば街灯・外套・該当と頭《づ》の中を漢字がするする動く

天使形《エンジェル》の衿ブローチを守護神のやうに留めてわが歩む晩冬の街

予報にて明日の寒さを告ぐる声半ば不信のままに眠らん

昼の座　晩冬片々

冬の柑《かん》日に照るところ過ぎ来たり心いつまでも冬の日に照る

生物《せいぶつ》の当然として死は悲しむものにあらずと諭《をし》へき父は

芭蕉忌は陰暦十月しかすがに枯野に乾く風押しわたる

冬時雨の街より入りし地下駅の空気膨張するごとき午後

木に倚りてもの思ふなど淳一の画く少女像なつかしみゐつ

勢ひて詩論言ひつのる男ゐて言語明晰主旨不明瞭

運搬車が砂礫をこぼす音止みて午後の街区に雪来るらしも

憧憬のさまなど人に見すまじくひたひたと地を踏みゆく二月

明の座　花の後

眠りより醒めつつ春雷のとどろきは意思もつごとく身に響き来る

囲まれて脱出計る夢さめて暁《あかつき》春雷の音遠ざかる

地《つち》を打つ暁の雨の音きけばわが過去映像のごとく顕《た》ち来も

過ぎてゆく花の終りを見さだめん思ひともなく夕街に出づ

昏《く》れてゆく一日の果ての花明りそこのみ淡く生気みなぎる

咲きみてるさくらのさかり短くて短きゆゑに心にぞ沁む

限りある残り世といへ引き換へに継ぐ者のなき智慧積りゆく

交叉点渡りゆくとき体ごと包みて過ぐる春の風あり

笹の座　月光微吟

十六夜《いざよひ》の谷戸にみちくる若葉の音風立つは人の近付くに似て

笹目といふ地名は或いは笹の風か月にさゝめくいにしへの声

すだまなど月に漂はん萱《かや》の芽のきほふ春原ただひろくして

目にみえぬ魂みなここに集ひゐん永福寺《ようふくじ》趾《あと》の月光蒼し

鏡に罅《ひび》の入る一瞬に似たらずや死の時はもはや現実の像

世はいつか過ぎて麨粉《はったいこ》などといふ名も物も知らぬ人ばかり

天地八方明るきまひる Quo Vadis? 蝗蚸《ばった》きりきり草むらを跳ぶ

天狼星《シリウス》をわが星とせし冬過ぎつ空の暗黒に青嵐吹く

音の座　炎天散吟

足音を立てずに木蔭ゆく猫が歩をとめてひたとわれを見据ゑつ

死者生者《しやうじや》炎天をゆく八月の街の空どこまでも白光《びやつくわう》に充つ

過去未来なべて目昏《くら》む日盛りの鋪装路を来て珈琲店に入る

あるときは近しき故に鬱散《うつさん》の対象として夫にものいふ

夜半暑く醒むればきこゆ水道の蛇口を落つる雫の余韻

露の座　視線

夏果てて陽に疲れたる帽を捨つ不消化な記憶押しやるごとく

熟れ桃の夜の舌触りたしかめて咽喉《のみど》つめたき一刻《とき》のあり

小公子フォントルロイの捲毛など光り合ひて幼児期の心埋めにき

服薬のわれをみてゐる人の視線羞らふにはやや親しすぎる距離

唐突に死にたいなどと口走り心がすこし軽くなつてゐる

絃の座　鎌倉秋冬譜

帰路の道変ふるよすがもなき山に棲めり全天の夕焼仰ぐ

一度きりの今のこのとき惜しめとぞ天の雲ことごとく夕焼となる

海窟にどうと波打ち轟けど岩頭の鵜は首のばすのみ

秋暑のなかこの世の遊行つづくなり捨つべき責さへ自らが負ふ

住み馴れし地といへ対話ににじみくる土着の誇示にたぢろいでゐる

窓の座　冬時雨

反響のなき録音室出で来たり街に時雨を聴きとめてをり

点滅の彩灯におよそ秩序ありわが裡《うち》のリズム乱してつづく

かつがつも睦月終らん花ごとに光湛ふる冬の石蕗

身仕舞のうつくしかりし母にして捨つべきもの何も遺さず逝きき

山あひに降る冬の雨吹かれつつ濃淡あらく移りゆくみゆ

地の座　路上

珈琲をのみつつ視下ろす路上の景　人の視線の返らぬふしぎ

「似せ」ものという語源ありジョン・レノン擬《まが》ひの男春の街行く

烟草吸ひながら路上をゆく人の人目はばからぬ開放の貌《かほ》

ゼブラゾーン踏みゆく時に故のなき安心が来る群衆のなか

風に散る梅の花びら日に照りて時満てるごと急速に散る

氷雪を透して月光差し出づる夜の富士を見き記憶の緑光

捨つべきはみな捨ててなほ死の際に明るき未来なしといはなく

雫の座　葉桜の頃

やはやはと光に揺るる葉桜は堪へがたきまでの勢ひに満つ

箸は一膳兎は一羽と数詞いくつ記憶して何のわが生のある

銀の匙の数などふいに気にかかり主婦たりし吾がまだここにゐる

瞼よりあふるることなき涙にて今日の若葉はにじみて見ゆる

略歴を乞はれて書くに大方はみな省略す書くまでもなし

道の座　隧道

季《とき》の移りことさら速き年にして瑠璃茉莉花の花も終りぬ

山裾の傾斜はなべて葡萄畑曇りより差す日が移りゆく

トンネルを抜けゆく車窓予測より永き刻経て昼光に出づ

魂を心につなぎとめてゐる感じに酷暑の昼のうたた寝

わざはひのなべてを浚ひ行きたらん君とも思ひ不意にさしぐむ

黄の座　光撒く

光保つ屋根々々並めて昼ちかき秋気に充てり丘の傾斜は

あたたかき晩秋の日に弱りたる蝶からうじて飛びゆくあはれ

熱こめて語るを前にわが耳底虚実きき分くといふこともなし

雨が雪に変りゆくといふ予報にて夜の海の青やや荒れてをり

楽やみてしばし落ちくる夜の無音　無音は吾の何をさいなむ

港の座　横浜港冬日

エスカレーターに運ばれてゆく人次々無聊《ぶれう》に似たるその無表情

のびちぢみする噴水の先端が並びつつみゆここの窓より

女探偵・素行調査の看板が照りをりわれには最も無縁

あからさまに干し物吊す各階に人見えず冬日かがやく時間

枯草の平坦の上に日が満てり今日工場は冬の休日

心の座　昼の疾風

かの世にも花ちるころか夕影の花吹雪さらに人想はしむ

楠若葉吹く風の音ききゐたり昼の疾風は心を滲ふ

五月はいつも孤独の季節焼きたてのパンの香の立つ店の前過ぐ

のみこめばのみどに熱き涙さへ生の証《あかし》と思ふいくたび

いづくなく潮騒とどく路地にして今日もわれ待つごとき猫の眼

少しばかりの青菜茹でつつ護られて過ぎ来し日々を嚙みしめてゐる

夜の闇に眼をあくしばし窓下に水呑む犬の舌の音する

予期したるよりも孤独は自由にて物言はぬことに安らぎがある

滴々と物書き継ぎて暁《あけ》近し風の響きは心のひびき

究極の心奥のぞく思ひして生《あ》るる表現のデフォルマシオン

影の座　沈黙

涙みせず死を享《う》け入れしその日より心閉ざして幾月経たる

打てば響きさうに空冴ゆ余裕もつ人は流すらし涙も歌も

生きてゐる意味問ふことに倦みしかど紫陽花の葉にふる昼の雨

小さなる不安ふくらむ午後三時自らの約束信じ難くて

予期せざる挫折を予知す珈琲店の時計の針のうごく一瞬

次々に人影過ぐる窓外の光は午後の傾きを持つ

色刷りの週刊誌電車に読み捨ててとり戻せざる時を浪費す

肩代りする者のなきいくつもの義務を抱へて交差路渡る

沈黙は美徳といへりさんたまりあ眼をあげて吾に視線を賜へ

運命といひて括らるる終末のいのちか風に夏萩散れば

剣の座　鎌倉冬光

かにかくに鎌倉にかく住み馴れて冬海の月光恋ひわたるなり

真闇なき鎌倉の山に仰げどもオリオンの剣は遂に見えざり

月光の海遠くみゆるこの丘に住み果てんかな歌びとひとり

火の雲といふべく燃ゆる夕焼の薄るるまでの生の時間か

沖遠く曇りより差す光あり海ひとところ光かがよふ

恋びとを悼《いた》み「かの子」が過ぎにけん崖下を電車に揺られつつ行く

ふたたびは心をひらくことなしと決めたればわが表情緩む

幸ひは内にしありといふものを夕べ小町の暖簾をくぐる

人には人のことば行き交ひ夕ぐれの立木には群るる雀のことば

さそり座の満月の光浴びる人に幸ありと聞けばわたくしも浴む

あとがき

私にとって、廿一世紀のはじまりのこの十年は、印象のつよい歳月であった。
二〇〇一年一月一日に「星座―歌とことば」を創刊。一月六日には、百年前に与謝野鉄幹が由比ヶ浜で「廿世紀を祝う迎え火」を焚いたのに倣い、「廿一世紀の新しい短歌の出発」を祝う焚火を焚き、鎌倉の歌人を中心に、百人を超える歌人たちが集って、結社の枠を外して交流を深めた。私は結社ということばを好まないが、この辺りから、結社の枠をとり払った歌人の交流が深まり、やがて「鎌倉歌壇」の誕生にも繋がったと思っている。そしてそれは、次代に伝えるべき短歌を模索し、熱く語り合う場にもなった。

一方、私事としては、その年の秋、永年の共闘をつづけてきた夫の癌の発病があり、永い闘病生活がはじまる。さらに七年後、残念ながらこの世を去った。

そして「星座―歌とことば」は、多くの困難を乗り越えながらいま、十周年を迎えようとしている。この記念すべき年に「星座ライブラリー」の刊行が決まり、最初の一冊として、主筆をつとめてきた私の、「星座」巻頭歌掲載作品を編むことになった。

毎号十首、五十二号（二〇一〇年一月）までの五二〇首の内、ライブラリーの形式に沿って三四〇余首をまとめてみた。創刊号～二号の分は、実は既に歌集『星座空間』に収録ずみであるが、十年を通観するため、あえてそのごく一部をのせた。また、誌上で、藍・炎・昴・など、すべて一文字の「座」の名を設けて副題とした形式を、ここに遺した。毎号の名称を、初凪号・青嵐号・漂雪号など、四季に応じた号名を工夫したことも、今思うと、苦しくも愉しい作業であった。結構、遊んでいる面もあったと思う。

思えば、鎌倉という、或種の文学的風土性のつよい地を拠点として、同じ雑誌の同じ場所に十年間、十首づつ勝手に発表しつづけられたこと自体、多くの知己友人に支えられて来た証といえようか。また、このシリーズの表紙絵を、鎌倉在住の日本画家、平松礼二さんから頂いたことも、うれしいことの一つである。

ここに改めて、多くの方々のご尽力に深い感謝の念を申し述べたいと思う。

二〇一〇年三月

尾崎左永子

本作品は、『星座―歌とことば』（かまくら春秋社発行）の創刊号（二〇〇一年一月）から五十二号（二〇一〇年一月）に掲載されたものです。

尾崎左永子（おざき・さえこ）
一九二七年（昭和二）東京生まれ。歌人、作家。東京女子大在学中より佐藤佐太郎に師事。一九五七年、第一歌集『さるびあ街』刊行。歌集に『炎環』『夕霧峠』（迢空賞）、『星座空間』『さくら』ほか、評論に『源氏の恋文』（日本エッセイスト・クラブ賞）『源氏の薫り』ほか著書多数。『星座―歌とことば』主筆。

星座ライブラリー1
風の鎌倉
著　者　尾崎左永子
発行者　伊藤玄二郎
発行所　かまくら春秋社
鎌倉市小町二―一四―七
電話〇四六七（二五）二八六四
印刷所　ケイアール
平成二十二年四月三十日　発行

ISBN978-4-7740-0475-4 C0092